愛しても 不幸な

キム・ウンビ

村山俊夫

사랑하고도 불행한

김은비 지음

무라야마 도시오 옮김

디자인이음

愛しても 不幸な

사랑하고도 불행한

少しだけのつもりで 始めたのに、いつの間にか私のすべて

を支配しているもの。

冷ややかな眼で相手を見ることだってできたのに、今はも

う止められないもの。

愛は私たちが必要とする すべてのもの。

勇気よりも強靭な 覇気がなければできないもの。

怖れのあまり涙に濡れたとしても 敢えてするしかないもの。

破滅に向かって 歩んでいくもの。

だからこそ二人に愛が訪れてきたら

私たちは身を任せずにいられないもの。

일부를 내어주고자 시작했지만, 어느새 내 전부를 지배하는 것.
객관적인 시선으로 상대를 보는 것이 가능함에도 불구하고, 이미 멈출 수 없는 것.
사랑은 우리가 필요로 하는 모든 것.

용기보다 강인한 패기가 있어야만 가능한 것.
두려움 속에서 울더라도 기어코 하고야 마는 것.
파멸을 향해 걸어가는 것.

그러니까 우리들의 사랑이 떠오르면
우리는 그래야만 하는 것.

私は軽く見えることも重く聞こえることもある そんな冗談が好きで、訳もなく意地を張ったり 駄々をこねるのが好きで、ふざけあっているうちに 腹を立てたり機嫌を直したりする、気まぐれな関係が好きだ。

増やすことはあっても 減らさない関係の方がいいし、先のことはわからなくても今日、今この瞬間を分かち合える方がいい。　そうして明日もあさっても変わらない二人でいられるなら、何だかもっと感謝するようになり、それがずっと続くのなら、私はきっと運命の存在を信じるようになる。

나는 가볍기도 하고 무겁기도 한 그런 농담이 좋고, 말도 안 되는 억지를 쓰고 투정을 부리는 게 좋고, 서로 놀려먹기도 하면서 기분 상했다가 풀렸다가, 변덕스러운 관계가 좋다.

더하면 더했지 빼지 않는 게 좋고, 앞으로는 장담할 수 없지만 확실한 오늘 지금 이 순간을 나누는 게 좋다. 그러다 내일도 모레도 빼지 않는 관계라면 어쩐지 더 감사할 것 같고, 그게 그 후로도 오래오래 지속된다면 기어코 운명의 존재를 믿게 될 것 같다.

誰かが愛の結末はセックスだと言った。誰もが皆ベッドに上がるだけなら愛って軽すぎるんじゃないかと答えたけれど、だからって愛がそんなに重いわけでもないという言葉にもうなづけた。

私はいつも相手にそんな思いを押しつけた。愛することしか知らない天真爛漫な自分を見せつけてあなたも同じでなくては嫌と言いながら。その重しこそ愛の行く手を遮るものだとも知らないで、愚かにも愛に溺れるだけだった私は何人もの人に別れを告げた。いつも重すぎた私の愛の結末はそれで幸福だったのだろうか。

누군가는 사랑의 결말이 섹스라고 말했다. 모든 사랑이 침대 위로 간다면 사랑이 너무 가벼운 것 아니냐고 답했지만, 그렇다고 사랑이 그렇게 무겁지만도 않다는 말에는 사실 고개가 끄덕여지기도 했다.

나는 매번 상대에게 그 마음을 강요했다. 사랑밖에 모르는 천진난만한 나를 앞세워 너도 사랑을 그렇게 생각해야만 한다면서 말이다. 그 무게가 정작 사랑을 가로막는 줄도 모르고. 멍청하게 사랑에 눈이 멀었던 나는 사람을 몇 번이나 떠나보냈나. 그래서 매번 무거웠던 내 사랑의 결말은 행복했나.

ある瞬間からすべての好意を疑うようになった。

どうせうわべだけの気持ちだろうと思いながら。

実はそれでも私の心をすべて見通してくれたらという願い、

過去とつながったこのトラウマが消えてくれたらという一抹の期待だった。

たとえ何度か心を開いていたとしても、警戒は緩めなかった。

一度でも開かれてしまった心は警戒しても意味がないことも知らずに。

心の保安がずさんの極み。

어느 순간 모든 호의를 의심하기 시작했다.
'어차피 깊지도 않은 마음일 텐데' 하며.
사실은 그럼에도 불구하고 내 마음을 다잡아주었으면 하는 바람,
과거와 연결된 이 트라우마가 깨졌으면 하는 일말의 기대였다.
어쩌면 마음은 여러 차례 열렸지만, 경계는 늦추지 않았다.
이미 열린 마음에서 하는 경계는 아무 의미 없는 줄도 모르고.
마음의 보안이 엉망진창이다.

相手は私に刃を向けた。

怯むどころか私はその刃に向かって歩み

相手に抱かれる才能（ちから）がある。

怖いもの知らずなのではなく

どうせ始めた愛なら

ただ血に染めて終わりたいから。

상대는 내게 칼을 겨누었고
애석하게도 나는 그 칼날을 향해 걸어가
상대에게 안기는 재주가 있다.

겁이 없다기보다
어차피 시작된 사랑을
그저 붉게 끝내고 싶은 마음에.

ある人は愛をまるで痛み止めのように使う。

それは愛という包みにくるんで 自分の心の飢えを充たすこと。

愛が二人を破滅に導くと言ったから それも愛ではないとは言いきれない。

ああ だから私は、私たちは、どんな愛を交わしながらどんな世界で生きればいいのか。

어떤 이는 사랑을 일종의 진통제처럼 사용한다.
다시 말해 사랑이라는 포장을 통해 자신의 허기진 마음을 채운다.
사랑이 우리를 파멸로 이끈다고 했으니 그것도 사랑이 아니라고 장담할 수는 없다.
아, 그래서 나는, 우리는 어떤 사랑을 주고받으며 어떤 세계에서 살아야 하나.

誰もが 不確かな繋がりの中で愛し合い

どうなるのか 未来は見えないものなのに

口だけの 永遠にという約束は 決して永遠ではあり得ないのに

それが何であれどうだというのか?

いいものは いいとしか言えない。

다들 명확하지 않은 관계 안에서 사랑을 하고

이러나저러나 미래는 불투명한데

구두로 한 영원하자는 약속은 결코 영원할 수 없는데

그게 뭐든 무슨 상관이야?

좋은 게 좋은 거지 뭐.

誰かを愛することは どこまでも個人の情熱。

このすべての行為は 私自身のためのもの。

누군가를 사랑하는 일은 그저 개인적인 열정이다.

이 모든 행위는 나를 위한 일이다.

煙草を吸わない私は吸う人が好きだ。好きになった相手が吸わない人だとわかるとたちまち心が冷めてしまう。これは一種のフェティッシュに近いのではないだろうか。

よくよく振り返ってみれば自分と完璧に反対な異性に愛を感じた。もちろん「愛じゃなかった」で終わってしまう場合も時々あるけれど。

外国語の上手な人を見ればときめく。好きな音楽が違っていても「これ一度聴いてみて」と言える人に心が動く。酒の好きな人に惹かれ、難しい話は 私が理解できるまで易しくかみくだいて説明してくれる人に魅力を感じる。場当たりで火花のような私とは反対に理性的で冷静な人にときめく。でも時々は私のきまぐれにつきあってくれる人がいいし、まったく反対の意見を持っていても対話ができる人が素敵だと思う。

こんな風に愛に溺れてしまう私にとっての条件とは徹底して非現実的で未熟な愛であること。だからこそ一瞬の愛が

비흡연자인 나는 흡연자를 좋아한다. 호감이 있는 대상이 비흡연자라는 사실을 알게 되면 마음이 급속도로 식는다. 이건 일종의 페티시에 가깝지 않을까.

세세하게 살펴보면 나랑 완벽하게 반대되는 이성에게 사랑을 느낀다. 물론 '사랑이 아니었다'로 끝나는 경우도 종종 있었지만.

외국어를 잘하는 사람을 보면 설렌다. 좋아하는 음악이 달라도 "이거 한번 들어봐" 할 수 있는 사람에게 설렌다. 술을 잘 마시는 사람에게 설레고, 어려운 이야기는 내가 이해할 때까지 쉽게 풀어서 설명해주는 사람에게 설렌다. 즉흥적이고 불같은 나와는 반대로 이성적이고 차분한 사람에게 설렌다. 그러나 가끔은 나의 즉흥에 따라와 주는 사람에게 설레고, 전혀 다른 반대의 의견을 가지고도 대화를 할 수 있는 사람에게 설렌다.

이런 식으로 사랑에 빠지는 나만의 조건은 철저하게

そのあと未来まで持続できないものだと言った。だとしたら人々は一体いつ、どうやって愛に溺れ永遠を約束するのだろう。

비현실적이고 미성숙하며, 그렇기 때문에 순간의 사랑이 미래까지 지속되지 못하는 거라고 했다. 그럼 사람들은 도대체 언제 어떻게 사랑에 빠져 영원을 약속하나.

身も心も分かち合えなかった関係。

それでも分かち合うものがあったとしたら、心だったと思う。

不在の寂しさを感じないですむ、ちょうどその程度だけ。

そのくらいなら何を分かち合っても私はいつも空虚でいられる。

鬱蒼とした森になると言っていた自らの誓いは色を失ってしまう。

私にとって愛に溺れていない自分は災いに見舞われたようなもの

だから私はあなたを愛するしかない。

마음도 몸도 나누지 않은 관계.
굳이 나누었다면 마음을 나누었겠지.
빈자리 쓸쓸하지 않을 딱 그 정도만.
이만큼이라면 무엇을 나누든 나는 늘 공허할 거야.
울창한 숲이 되겠다던 나의 다짐은 황폐해지고 말 거야.
내게 있어 사랑에 빠지지 않은 상태는 재난에 가까운 일이며,
나는 그래서 너를 사랑해야만 해.

曖昧なものは濃くも深くもなく、永くもつことはない。私の憎しみや怒りを見ればわかる。愛もそうだった。取り繕っていた心は楽だったけど、自分を揺さぶることも、掴まえてくれることもなかった。荒々しい感情はつまるところ自分を省みるためのもの。自分がどれほど不完全な人間かを感じさせ、完全になれるという期待を持たせてくれるものだ。私たちは誰もがそう信じて生きていかなければならない。

애매한 것들은 깊거나 짙지 않아 오래 지속될 수 없다. 나의 증오나 분노가 그랬고, 사랑도 그랬다. 적당히 걸치고 있던 마음은 사실 편했지만 나를 흔들지도, 잡아주지도 못했다. 거센 감정들은 결국 자기 성찰을 위한 것이다. 내가 얼마나 불완전한 사람인지 느끼게 해주고, 완전해질 수 있을 거라는 기대를 하도록 해주는 것들. 우리는 그것을 모두 믿으며 살아야 한다.

朝起きて髪を洗わない日は一日中、頭痛持ちみたいに頭が痛む。だから私は髪を洗わず外に出かけることはほとんどないけれど、いつかパリにいた頃、時々朝パンを買おうと顔だけ洗って外出することがあった。
そのとき道でたくさんの人とすれ違うたびに何か誰も知らない自分だけの秘密を抱いているみたいで、妙に張りつめた気持ちになった。

私があなたに会っていたときもそうだった。いつも書く日記にある日何となくあなたの名前を書かなかった。そうとは知らないあなたに会って唇を重ね、愛し合いながら私は、いつか味わった不思議な緊張感をもう一度感じていた。こんな小さな逸脱を意地悪な悪戯みたいに感じながら、そんな時私たちは思いきり愛おしさを分かち合えた。

아침에 일어나 머리를 감지 않은 날에는 온종일 두통 비슷하게 머리가 아프다. 그래서 나는 머리를 안 감고 밖으로 나가는 일이 거의 없는데, 예전에 파리에 있을 때는 아침에 빵을 사기 위해 일어나 세수만 하고 외출한 적이 종종 있었다. 나는 그때 길 위에서 수많은 사람을 지나칠 때마다 괜히 아무도 모르는 나만의 비밀을 간직한 것만 같아 묘하게 떨렸다.

내가 너를 만난 것도 그렇다. 매번 쓰는 일기장에 어느 날은 괜히 네 이름을 적지 않았다. 그렇게 아무도 모르게 만난 너와 입을 맞추고 사랑 비슷한 것을 하면서 나는 언젠가 맛보았던 묘한 떨림을 다시금 느꼈다. 이렇게 사소한 일탈은 짓궂은 장난과도 같아서 그때 우리는 마음껏 사랑스러울 수 있었다.

二人の間の警戒する気持ちをなくそうと　私は徹底的にあなたの期待に背くことにした。私に期待していたものがすべて崩れ去り、それでもあなたが側にいてくれるとしたら、私はどんな壁の前にも膝を折ることなく、最後まであなたを愛し続けられる。そんな私の気持ちが受け止められなくなり離れていったとしても、私は感謝しながらあなたの幸せを祈るだろう。すべての慮りが無くなったあと、信じ頼り愛し合うというのはきっとそういうことだと思うから。だから私たちは今から愛を分かち合うの。

우리 사이에 경계심을 없애기 위해 나는 철저하게 너의 기대에 어긋나기로 결심했다. 내게 기대하던 바가 모두 무너져도, 그럼에도 불구하고 네가 내 곁에 있어 준다면 나는 그 어떤 장벽 앞에서도 굴하지 않고 끝까지 너를 사랑할 거야. 그런 내 마음이 더는 고맙지 않다며 나를 떠나도, 그래도 나는 고마웠다며 너의 안녕을 빌어줄 거야. 모든 경계심이 사라진 뒤에 믿고 의지하며 사랑한다는 것은 분명 그런 것일 테니까. 그러니 우리 이제 사랑을 하자.

私の愛はいつも極端から極端へ。

だから始められたし、だから終わったの。

こんな私の愛し方でよかったら

今すぐあなたのもとに駆けていく。

내 사랑은 매번 극단적이야.

그래서 시작됐고, 그래서 끝났지.

이런 내 사랑도 괜찮다면

나는 지금 네게 당장 달려갈 거야.

私ちょっと淫らな夢を思い浮かべてる。

今、私たちが横になってるピクニックラグが思いきり皺くちゃになるようなこと。

내게는 조금 야한 꿈이 있어.

지금 우리가 누워있는 이 피크닉매트가 마음껏 구겨지는 것.

何でもないと思うことがきっとすごいことになる。

たとえばちょうど今みたいに。

대수롭지 않게 여기는 일은 꼭 별일이 된다.

예를 들면 바로 지금처럼.

ここに来ればいつも幼い子どもになった。あなたがちょっと優しくするだけで舞い上がり、ほんの少しからかわれれば拗ねたり、ささいなことでもめると泣いたりしながら。

ここに来ればいつも身にまとっていたものを脱ぎ捨てた。それまで努めてきたことが皆価値のないものになり、私を押さえつけてきたものから自由になれた、ただ一つのユートピア。

友だちが住む町が懐かしくなくなり、家族のいる家が恋しくなくなった。私をよく知るそれらの場所はかえって私を空っぽにし、一人ぼっちにさせた。

たった一人のあなたでいちばん大きな幸せが手に入る、ここが私は好き。
私はあなたが大好き。

나는 이곳에만 오면 어린애가 됐다. 네가 조금만 다정해도 기뻐하고, 네가 조금만 놀려도 토라지고, 너와 조금만 다퉈도 울면서.

나는 이곳에만 오면 옷을 벗었다. 그간 내가 노력해오던 것들을 모두 무가치하게 만들고, 나를 억압하던 것들로부터 자유로워질 수 있었던 유일한 유토피아.

친구가 있는 동네가 그립지 않았고 가족이 있는 우리 집이 그립지 않았다. 오히려 나를 알고 있는 그곳들은 나를 더 공허하고 외롭게 했다.

최소한의 너로 최대한의 행복을 누릴 수 있는 이곳을 나는 사랑한다.
나는 너를 사랑한다.

愛が何かはよくわからない　それでも私はあなたのことを書く。

사랑이 무엇인지 잘은 모르지만 그래도 나는 당신을 쓴다.

私の幸せや不幸の訳がすべてあなただとは言えないけれど

それでも私たちはそのすべてを分かち合うことにする。

나의 행복과 불행의 이유가 모두 당신이 될 수는 없겠지만
그래도 우리 이 모든 걸 함께하기로 해.

あなたを愛しているのかいないのか、悩み抜いた日々があった。でもとうとう答えを手にした。何も結論を出さないという答えを。ご飯を食べているとき何気なくぽんとのせてくれるおかずや、寝ながら私を求めるあなたの手や、家に帰るって脅かすと帰るつもりがないのを知ってるくせに本気にするあなたが好き。私の肯定的なことも否定的なことも、すべて見せられるあなたが好き。優しさと毅然さの両方を備えたあなたが好き。二人が愛し合っていても、いなくても、それはどうでも私はあなたが好きだから、今日もどこかにキスマークを残す。

네가 사랑인지 아닌지 숱하게 고민하던 날들이 있었다. 그러나 이내 나는 답을 얻었다. 아무런 결론도 짓지 않겠다는 답을 말이다. 밥 먹다가 무심하게 툭 얹어주는 반찬이며, 잠결에 나를 찾는 네 손길이며, 집에 간다고 협박하면 내가 진짜 가지 않을 걸 알면서도 속아주는 네가 좋다. 나의 긍정과 부정을 모두 보여줄 수 있는 네가 좋다. 다정함과 단호함의 양날을 가진 네가 좋다. 나는 우리가 사랑이어도 아니어도 좋겠다고 생각했다. 이러나저러나 나는 네가 좋음으로 오늘도 어딘가에 입술 도장을 찍는다.

眠りから覚め朝を迎えたからといって あの日のキスがなかったことにはならないけど
あの時の気持ちは消えてしまうから 私はいつだって記録しなければならない。

記憶の代わりにいつまでも あの時の二人の愛を守ることができるよう。

자고 일어난다고 해서 그날의 키스가 없었던 일이 되는 건 아니지만
그때 그 마음은 사라지기 때문에 나는 언제든지 기록해야 한다.

기억을 대신하여 얼마든지 그때 그 사랑을 지켜낼 수 있도록.

初めに火遊びを仕掛けたのは私だったが、やがて意地を張って主導権を争うようになった。ああ結局、どんな関係だったとしても 心に関わることは死ぬまで公平ではいられないのか。

あなたのためだと言い訳しながら自分を燃やし光になるのか、それとも何が燃えるかも知らない火遊びになるのか、今もわからないまま今日が昨日になっていく。

何も知らずにつけた火は 燃え尽きてからようやく、何のために燃えたのかわかるのかもしれない。

처음 이 불장난의 주범은 나였으나 시간이 지날수록 짓궂게도 주도권은 왔다 갔다 했다. 아, 결국 관계가 명확하건 아니건 마음이 걸린 일은 평생 공평할 수가 없구나.

너를 위한다는 명목하에 나를 태워 불빛이 될지 아니면 무엇이 타는 줄도 모르는 불장난이 될지 여전히 아무것도 모른 채 오늘은 그저 어제가 되겠지.

아무것도 모르고 지핀 불은 다 타고 꺼진 뒤에나 무엇을 위한 불이었는지 알 수 있겠지.

誰と愛し合うのだろう。人は誰かと愛し合い別れてその繰り返しの果てに愛の結末を迎えるのだろうか。
今の私にはよくわからない。昔のように漠然と永遠の愛などと言いきれず、だから誰かを愛してもいつも虚ろだ。
愛を深刻ぶらずに書きたい。愛した人と別れた後、愛していない人のもとに逢いに行きたい。それから愛していた人を想い虚ろな心を埋めたい。愛した人をずっと愛し続けていたい。

사랑은 누구와 하는 걸까? 사람들은 어떤 사랑을 하고 어떤 이별 뒤에 어떤 반복 끝에서 사랑의 결말을 갖는 걸까?
나는 요즘 잘 모르겠다. 옛날처럼 막연하게 사랑의 영원을 단언하지 않고 그래서 누군가를 사랑해도 언제나 공허하다.
사랑을 허투루 쓰고 싶다. 사랑하는 이와 헤어진 뒤에는 사랑하지 않는 이를 만나러 가고 싶다. 그리고 사랑하는 이를 떠올려 공허를 메우고 싶다. 사랑하는 이를 계속 사랑하고 싶다.

誰の目にも今日の二人は恋人同士に見えただろうか。
仲良く手をつなぎ、ふざけながら歩いていた二人。
そのうち拗ねて立ち止まった私をなだめすかし、また歩き始めた二人。
別れるとき自然に口づけをかわした二人。

あなたの目には今日の私がどう映っていたのか。
二人を名づけることはできなくても 今は特別な人で
真夜中に切った電話が次の日の昼前にはまたつながっていたけれど。

二人は何だったの?
これから二人は何になれるの?

누군가의 눈에도 오늘의 우리는 연인으로 보였을까?
다정하게 손을 잡고 짓궂은 장난을 치며 걷던 우리.
그러다 토라져 걸음을 멈춘 나를 어르고 달래 다시 함께 걷던 우리.
헤어지기 직전에 자연스레 키스를 나누던 우리.

당신의 눈에 오늘의 나는 어땠을까?
서로에게 누군가는 아니었지만 이미 특별했었고
자정이 넘어 끊은 전화는 정오가 오기 전에 다시 이어졌는데.

우리는 무엇이었을까?
앞으로 우리는 무엇일 수 있을까?

本当は物語の結末にあまり関心がない。
それが悲劇でも喜劇でも自分には大きな問題じゃないということ。
こんなふうに終わったとしても　その瞬間は幸せで心から愛したことが私にはいちばん大切なこと。
そうして過ぎ去ったあとには　それだけが私の中で物語の結末となって残る。

사실 나는 이야기 결말에는 크게 관심이 없다.
그게 비극이건 희극이건 나랑은 크게 상관없다는 얘기다.
이렇게 끝나더라도 그 순간 행복했고 진실로 사랑했음이 내게는 가장 중요한 부분이다.
결국, 지난 뒤에는 그것만이 내게 이야기의 결말로 남는다.

間隔が縮まっても 私たちは孤独なはずだから

今ちょうどこの距離感がいい

適度な距離がもたらす適度な孤独

간격이 좁아져도 우리는 외로울 테니까

지금 딱 이 거리감이 좋다

적당한 거리가 주는 적당한 외로움

私たちは互いにどんな人でいてほしいと求めたことはなかったし、期待したこともなかった。好き嫌いははっきりさせたし、互いの意思を大切にした。散歩しようと誘われても熱中していたゲームを一回だけすると言ったり、そのゲームが終わるまで待つこともあった。愛していると口にはしなくても、ぎゅっと抱きしめてくれた日があり、涙を拭ってくれた日があった。何も考えない愚か者みたいに訳もなく楽しかったり、そうかと思うと整理できなくなるほど思いがあふれて一日中何も手につかないこともあった。いつも二人でと約束したけれど、責任を取るという約束はしなかった。それでも私たちは愛し合っていると言えるのだろうか。

우리는 서로에게 어떤 사람이 되어줄 것을 요구하지 않았고, 기대하지 않았다. 좋고 싫음을 분명하게 답했고, 서로의 의사 표현을 존중했다. 산책을 나가자는 말에 좋아하는 게임을 한 판만 하기도 했고, 그 한 판이 끝날 때까지 기다리기도 했다. 사랑한다는 말은 없었으나 꼬옥 안아주던 날도 있었고, 눈물을 닦아주던 날도 있었다. 아무 생각 없는 바보처럼 실없이 즐겁기도 했다가 때로는 정리가 안 될 정도로 방대한 생각이 하루를 뒤집어놓기도 했다. 함께하자는 약속은 있었지만 책임지겠다는 약속은 없었다. 그래도 우리가 사랑일까.

それぞれのわけを言葉にできないまま
そうやって愛がすれ違う。
人生で愛は一度きりとも知らないで
そうやって愛がすり抜ける。

ある日私は他の人と出会い、海を見つめ雨に打たれてみた
けれどまた元のところに戻ってしまった。

愛し合うふりをしたけれど
またあなたに戻ってしまった。

人生に愛は一度きりという俗説が本当なら
これから私には悲しみしかないのかもしれない。

각자의 이유를 내뱉지 못한 채 그렇게 사랑이 어긋난다.
일생에 사랑이 단 한 번인 줄도 모른 채 그렇게 사랑을 지나친다.

어느 날 나는 다른 사람을 만나 함께 바다를 보고 비를 맞았지만 결국에는 제자리였다.

사랑 비슷한 걸 하면서도
결국에는 너였다.

일생에 사랑이 단 한 번이라는 속설이 사실이라면
나는 앞으로 슬플 일밖에 없을 것 같다.

今、このたぎる思いをあなたが読み取ってくれたら。

지금 이 그리움을 네가 읽어준다면.

私たちはこの季節を共にしたことがないのに

なぜ吹きつける風の前で 目を閉じあなたを思い出すのでしょうか。

あなたがいない春は 私にとってただ終わりのない夜だということを

あなたは本当に知らないのでしょうか。

우리는 이 계절을 함께 보낸 적이 없는데
나는 왜 불어오는 바람 앞에서 눈을 감고 너를 떠올리는 걸까요.

네가 없는 봄은 그저 내게는 아득한 밤이라는 걸
너는 정말 모르는 걸까요.

私たちは自分の孤独のために相手を利用して

それを愛と呼んでいる。

우리는 각자의 외로움에 서로를 이용하고

그것을 사랑이라 부르네.

ロウソクを灯そうとつけたマッチが燃えつきたあと黒い灰が天井の上にふわふわ立ち上った。その姿が美しくて、シャボン玉を掴まえるように手を伸ばしたら灰はもっと高い所に飛んでいった。背伸びしていつまでも追いかける私をからかうように、手の先に届きそうでついに届かない黒い色を見ながら私はこう考えていた。

本当は闇は計り知れないほど孤独なもの。偏見や非難を盾に温かく差しのべられた手から遠ざかる悲しい闇。天真爛漫な顔で、たちまち割れるシャボン玉のような私の前の、あなたという燃えつきた黒い灰。

초를 켜기 위해 불을 붙인 성냥이 다 타자 검은 재가 천장 위로 둥둥 떠다녔다. 그 모습이 너무 예뻐 마치 비눗방울 잡듯이 손을 뻗었는데 재는 내 손길을 피해 더 높은 곳으로 날아갔다. 까치발을 세워가며 계속 손을 뻗는 나를 농락이라도 하듯, 손끝에 닿을 듯 말 듯 결국 닿지 않는 그 검은빛을 보며 나는 이런 생각을 했다.

사실 어둠은 엄청 고독한 존재. 모두의 편견과 비난을 방패 삼아 다정한 손길로부터 멀어지는 슬픈 어둠. 천진난만한 얼굴로 금세 터져버리는 비눗방울 같은 내 앞에 너라는 다 타버린 검은 재.

あなたを心から愛するのはかけがえのない喜びなのに

どうして私は素直に喜ぶことができないの？

誰もが二人の悲劇を予言しているから？

あなたを愛している私さえ二人の悲劇を語っている。

너를 진실로 사랑한다는 것은 정말 기쁜 일인데

어째서 나는 마냥 기뻐하기만은 어려운 걸까?

모두가 이 관계의 비극을 예언하기 때문인 걸까?

너를 사랑하는 나마저도 우리의 비극을 예언하네.

どこか足りない私たちの出会いは、始める前から分かりきった結末ではなかったか。

불완전한 두 사람이 만났으니 이 관계는 가보지 않아도 뻔한 결말 아니겠니.

いい夢より悪い夢の方が、余韻が長く続くもの。

좋은 꿈보다 나쁜 꿈의 여운이 더 긴 법이다.

私が今果てなく長い、寂しく孤独な時を過ごすいちばん大きな理由はただ愛のため。もしかしたら私はあまりに多くの恋をして、たぎる愛情に胸を焦がし、それが忘れられずいつまでもその熱さを追い求めているのかもしれないが、孤独な時間はどんどん長びいていくばかり。

내가 지금 긴긴 외로움을 포함한 고독의 시간을 보내는 가장 큰 이유는 바로 사랑 때문이다. 어쩌면 나는 너무 많은 사랑을 했고, 중에서도 뜨거운 애정을 맛보았고, 그 맛을 잊지 못해 몇 번이고 그 온도를 찾아 나서지만, 고독의 시간은 점점 길어질 뿐이다.

信じられないようなタイミングで私たちは出会った。

なのに私はあなたに飽きた。

二人には途方もないロマンがあった。

なのに私はあなたに飽きた。

今はもう二人は淫らであるだけ

私は淫らなだけの私たちに飽きた。

말도 안 되는 타이밍에 우리가 만나게 된 거야.
그럼에도 불구하고 나는 네게 질렸어.

우리 사이에는 굉장한 낭만이 있었지.
그럼에도 불구하고 나는 네게 질렸어.

이제 이 관계는 내게 그저 야하기만 할 뿐이고
나는 야하기만 한 이 관계에 질렸어.

寂しくなって何度も振り返ると 美しかった私たちの昨日さえ色あせて見える。

過ぎた日として留めておいた時がいちばん美しいことを知らないわけじゃないのに

私はまた寂しくてあなたの手を救いの手だと思いこみ、もう一度つかもうとする。

こんな自分が目を背けることができるよう、 どうか今より醜悪なあなたになってほしい。

외로운 마음에 자꾸만 돌아보니 아름다웠던 우리의 어제마저 실망스러워진다.
지난날로 남겨두었을 때 가장 아름답다는 사실을 모르는 건 아닌데
나는 또 외로워 너의 손을 구원의 손길이라 합리화하며 다시 한번 잡아보려 한다.
이런 내가 너를 외면할 수 있도록 제발 지금보다 더 최악의 네가 되어주길.

最後の恋が終わってからずいぶん危ない状態だった。私に告白したことのある人たちは皆別の相手を見つけたのに、どうして自分は今も一人ぼっちなのか、誰も頷ける答えをくれる人はいなかった。そうして何度も息が詰まり苦しみながら死んでしまうのかと思った時、不思議にあなたの手につかまりたくなった。もっと正直に言えばあなたの手だけはつかんでいたかった。私は道に迷って出会った人をあまりにもたやすく信じすぎたのだろうか。

あなたに愛を伝えることが決して幸せじゃないと感じたのは、そのたびに見せるあなたの戸惑う表情や態度のせいだった。とても自然とは思えないあなたを見て私は誤解し、たまにあなたの方から愛情を表すことがあっても、心を読むのに疎い私にはいつも難しいサインだった。ただ心安らかに愛し続けていたかっただけなのに、夜が更ければ深いため息に変わったのは、この愛も願うものとは違っていたから。

마지막 연애가 끝나고 나는 많이 위험한 상태였다. 내게 고백을 했던 사람들은 나를 지나쳐 제 짝을 만났는데 나는 어째서 아직도 이렇게 혼자인지 누구에게 물어도 속 시원한 대답을 해주는 사람이 하나 없었다. 그렇게 숨이 턱턱 막혀 이쯤 버티다 죽겠구나 싶을 때 나는 이상하게 네 손을 잡고 싶었다. 그러니까 더 솔직히 말해 네 손만큼은 잡고 싶었다. 나는 길을 잃었을 때 만난 사람을 너무 쉽게 믿었던 걸까?

네게 사랑을 주는 일이 썩 행복하지 않다고 느낀 건 사랑을 받을 때마다 지어 보이는 어색한 표정과 행동 때문이었다. 결코 자연스럽지 않은 너의 모습을 보며 나는 너를 오해했고, 넌 내게 어쩌다 한 번쯤은 먼저 애정을 보여주기도 했겠지만, 눈치 없는 내가 눈치채기에 네 사랑은 매번 어려웠다. 그저 마음 편히 사랑하고 싶었을 뿐인데 매일 밤이 깊은 한숨인 것으로 보아 이번 사랑도 틀렸다.

2008年8月の日記にこんなことが書いてあった。

「速やかに判断できないために起きる事がある。頭の中ではさらに誤解が生まれ、心の中には大きな未練が残る。二つが絡まってついに私はここから後ずさりするようになる。今まで出会った人たちの多くは皆煮えきらない人たちで、好き嫌いが曖昧だった。私は彼らに感謝をしない。誰もが良い人ではなかった。私に心を砕き大切にしようとして、やがて疲れ果て背を向けた。それは最後まで私に心を砕き大切にしきれなかったということ。私は完全と思っていた信頼が崩れるのを自ら目撃することになった。誰のせいだったのか？　悪い人に出会ってしまったのか。それとも自分が悪い人間だったのか。私にとっては甘美で恍惚としていた時間が、相手にとっては辛い愛の、最悪の時間だったのかもしれないという思いに苦しんだ。結局私はどんな人と出会えば良いのか、自分では答えが見つからない。」

2008년 8월에 쓴 일기장에 이런 글이 있었다.

「신속하지 못한 판단으로 생길 수 있는 일이 있다. 머리는 더 많은 오해를, 마음에서는 더 큰 미련이 생기고, 이 두 개는 엉켜 결국 나는 제자리보다 못한 자리에 가 있게 된다. 내가 지금까지 만난 대부분의 사람은 하나같이 답답한 성격이었고, 좋거나 싫은 것이 불분명했다. 나는 그들에게 고맙지 않다. 그들은 나쁘다. 나를 배려하고 존중하다가 결국에는 제풀에 지쳐 돌아섰다. 결국 그 사람들은 나를 끝까지 배려하고 존중하지 못했고, 나는 완전했던 믿음이 깨지는 것을 스스로 목격한 셈이다. 누구의 책임이었을까? 내가 나쁜 사람을 만났던 것일까, 아니면 내가 나쁜 사람이었던 것일까. 나에게는 꽤 달콤하고 황홀했던 시간이 반대로 상대방에게는 사랑이 너무 힘든, 최악의 시간으로 남았을지도 모르겠다는 생각에 괴롭다. 결국 나는 어떤 사람을 만나야 하는지 스스로 모른다.」

あの時も今も、私はどんな人に出会えばいいのかわからないということ。そしてあの時も今も、私は自分のことしかわからないということ。人はたやすく変わらないもので、人生は大きな変化もなく続く。過去の日記が確かにそれを示している。

그때나 지금이나 나는 어떤 사람을 만나야 할지 모른다는 것. 그리고 그때나 지금이나 나는 나밖에 모른다는 것. 사람은 쉽게 변하지 않으며 인생은 사실 큰 변주 없이 지속된다. 지난 일기장이 바로 그 증거이다.

散歩に歌、キス、花束も

毎日続けばうんざりするだろう。

恋は本当に好きだけど

誰かの彼女としてだけ生きていくのは

どう考えても怠いだけ。

산보와 노래, 키스, 꽃다발도

매일매일이라면 지겨울 거야.

난 정말 사랑을 좋아하지만

누군가의 여자로만 살아가는 건

정말이지 지루해.

会いたくて胸に飛びこんで行ったり

向き合ってご飯を食べお茶を飲んだり

泣いたり笑ったり すねたり嫉妬したり

そんなある日突然心が離れても

少しも不思議とは思わなかった。

だから私たちは愛し合っていなかったということ。

보고 싶어 달려갔다가

마주 앉아 밥을 먹고 차를 마시다가

웃고 울고 심통 내고 질투하다가

그러다 어느 날 갑자기 멀어져도

전혀 이상할 것 없더라.

그래서 우리가 사랑이 아닌 거다.

あの日あの写真が映したのは私の姿だけではなかった。

片隅から私を見ていたあなたが 本能に近い衝動で押した

たった一度のシャッターを覚えている。

どっちつかずだった私たちは出会うこともなく別れたのだった。

그날 그 사진이 남긴 것은 비단 내 모습만은 아니었다.
언저리에서 나를 보던 네가 본능에 가까운 충동으로 누르던 단 한 번의 셔터를 나는 기억한다.
불확실했던 우리는 만남도 없이 이별했구나.

あの日のあなたを覚えているから 今のあなたを愛すること
はない。

그날의 너를 기억하기에 지금의 너를 사랑하지 않는다.

孤独な道を歩いている。

慰めてはもらえても、思いやってもらえない道に立っている。

愛することを糧に生きる人生だから苦しい。

愛する人が多すぎて息がきれる時もあったのに

愛する人がいなくなると息がつまってしまう。

ああ　誰も愛さなくなったとき息絶える人生。

고독의 길을 걷고 있다.
위로해 줄 수는 있지만 헤아려 줄 수 없는 길 위에 서 있다.
사랑을 연료 삼아 살아가는 인생이라 괴롭다.
사랑하는 이가 너무 많을 땐 숨이 가빠 오더니
사랑하는 이가 아무도 없자 숨이 턱턱 막힌다.
아, 아무도 사랑하는 이가 없을 때 비로소 죽은 인생이다.

この本を読む人にだけ打ち明ける私の秘密。私が書いているその人はもしかしたら悪縁と言えそうな人。周りの誰も知らない名もない人。今まで時おり書いてきた人の友人で、一度もはっきり愛し合ったことのない人。　一緒にいれば愛をささやき、自分の場所に戻れば思い出すこともなかった人。私の生涯最高の逸脱、最悪の彷徨、そしてひとときの恋愛ごっこ。

이 책을 읽는 사람들에게만 나의 비밀 이야기를 해보자면, 내가 쓰는 그 사람은 내게는 어쩌면 악연에 가까운 사람. 내 주변 아무도 모르는 무명의 사람. 과거 일부의 글이 되어준 사람의 친구이자 단 한 번도 명확한 관계 안에서 사랑을 나누었던 적 없는 사람. 함께 있을 때는 사랑했고 각자의 자리로 돌아가서는 생각나지 않던 사람. 내 생애 최고의 일탈이자 최악의 방황이자 한때의 연애 놀이.

刹那でしかないこの悲しみを精いっぱい長く保ち続ける方法はひとつ。
それは私たちが深く愛し合っていたと思うこと。

찰나에 지나지 않을 이 슬픔을 최대한 길게 가지고
가는 방법은 하나다.
그건 우리가 많이 사랑했다고 생각하는 것.

気にしたくないときは放り出してしまう癖がある。私を知る人たちはこんな激しい性癖に一度ならず舌打ちをした。近ごろの私は何から目を背けたいのかもわからずただ眠りをむさぼる。きょうも10時間を過ぎるほど暗い部屋で眠り続けた。途中目が覚めても起き上がらず再び目を閉じると、いつの間にか時間は駆け足で流れ、もはや自分の知る時間ではなくなっていた。今はもう悲しみが習慣のようになり、あえて癒そうとすることもない。

신경 쓰기 싫을 때는 놓아버리는 습성이 있다. 나를 아는 사람들은 나의 극단적인 성향에 한 번쯤 혀를 찼다. 요즘 나는 무엇을 외면하고 싶은 줄도 모르고 내리 잠만 잔다. 오늘도 열 시간이 넘도록 어두운 방에서 잠만 잤다. 중간에 자다 깨도 일어나지 않고 다시 눈을 감으면 어느새 시간은 성큼 흘러 내가 알고 있던 시간이 아니었다. 이제는 슬픔이 거의 습관 같아서 애써 거두지 않는다.

ひそかに生まれた愛は最後まで誰にも知られず名もない愛となった。
誰からも慰められず、歴史になることもないままそうしてどこにも名をとどめることもなく。

비공식적인 사랑은 결국 아무도 모르는 무명의 사랑이 되었다.
아무에게도 위로받지 못한 채 그 어떤 역사도 되지 못한 채 그렇게 무명으로.

あのとき私は曖昧な言葉を並べたてて二人の仲を壊しながら、それでもあなたの傍で温もっていた。
そして本当に愛していた。誰にも気づかれず秘められた、最もひそやかな愛だったけれど。

그때 나는 온갖 불확실한 말로 우리 관계를 더 망쳤지만 그래도 네 곁에서 따뜻했다.
그리고 실로 사랑했다. 비록 아무도 모르게 했던 가장 조용한 사랑이었지만.

適当に近づいては遠ざかる関係だったなら喪失感は深くない。まるで初めから何もなかったかのように、昨日と同じ今日を迎えることができる。愛した人との別れは家をそっくり明け渡すような思いをしなければならない。部屋を一つ空けるくらいでは済まない。それが深い結びつきでなかったら、客を送り出した後、散らかった部屋を片づけるくらいのことでいい。誰かに訊かれても泰然と「ちょっと誰かが来て散らかった部屋を片づけるだけ」と笑いながらすぐに別の誰かと一緒に出ていくこともできる。その方が楽だと思いながら、切実に自分の思いを託したいと願う愛への欲望が無くなることに耐えられない。そんな私の二重性が今日も私を重々しくも軽々しくも生きていけないようにする。時には部屋一つ片づけるくらいで済ませてもいいのだろうか？　それがあなたであったとしても？

적당히 가까웠다가 멀어지면 그 빈자리가 유난스럽지 않다. 마치 처음부터 아무 일도 없었던 것처럼 어제와 같은 오늘을 살 수 있다. 사랑했던 사람과의 이별은 집을 통째로 바꾸는 경험과 비슷하다. 방 하나 비워낸다고 해서 될 문제가 아니다. 하지만 가볍다면 가벼운 손님과의 이별은 그저 어질러진 방을 치우는 수고 정도만 하면 된다. 누군가가 뭐 하냐고 물어도 아무렇지 않은 표정을 하고, "잠깐만, 누가 왔다 가서. 이것만 좀 치우고" 하며 다시 웃으며 다른 누군가를 따라 나갈 수 있는 것. 간편하고 좋다고 생각하지만 진정으로 누군가에게 나를 투영하고 싶은 사랑의 결핍을 참을 수 없는 나의 이중성이 오늘도 나를 무겁게 살지도 가볍게 살지도 못하게 한다. 어쩌다 한 번은 방 하나를 치우는 수고 정도로만 끝내도 되는 걸까? 그게 너여도 괜찮을까?

愛なんて本当に取るに足らないもの。どこか波長が合うというだけで心が揺らぎ、勝手に意義づけをしたあと、出た結論は最適、最良、最善だった。絶妙のタイミングで出会えたことに感謝することもあった。ところがすべては過程に過ぎず、あり得ない出来事が重なって二人の仲にひびが入ったとき私は考えた。私たちは本当にうまくいかない。長所が短所になり、愛する相手が恨みの相手になった。しかも私はそのすべてがわかっていた。以前もいつだったか感じていたこと。それを何度もしているうち、危機や葛藤のなかでも私は超然としていられるようになった。いつまでも愛し続けるか、別れるか結局二つに一つなのに、私はこれから幾度別れを繰り返すのだろうか。刹那のような愛を讃えながら、また再び愛し合うとしても、愛なんて本当に取るに足らないもの。

사랑은 진짜 아무것도 아니구나. 몇 개의 교집합에 강하게 동요되어 의미부여를 했고, 결론은 좋았고, 좋았고, 좋았다. 하필이면 이런 타이밍에 이런 사람을 만난 것이 감사하기도 했다. 하지만 모든 것은 과정이었고 말도 안 되는 것들이 맞물려 우리 사이를 어긋나게 할 때 나는 생각했다. 우리는 진짜 아니야. 장점은 단점이 됐고, 사랑의 대상자는 원망의 대상자가 됐다. 그리고 나는 이 모든 게 익숙했다. 전에도 언젠가 느껴본 적 있었던 것들. 이 짓을 여러 번 하다 보니 이런 위기와 갈등 안에서 나는 초연해졌다. 어차피 오래오래 사랑하거나 헤어지거나 둘 중 하나일 텐데 나는 앞으로 몇 번이나 더 헤어질까? 찰나 같은 사랑을 찬양하며 다시 또 사랑을 하겠지만 사랑은 진짜 아무것도 아니구나.

その日は暗い夜の上から糸のような雨が降り注いでいた。
屋台で何本焼酎を空けたのか覚えていないのに家に着く前に見た海のことは覚えていた。

私が愛した人と大雨の中でびしょ濡れになった記憶より
あなたと海に浸かっていた日々の方が素敵だった。

そんなあなたに何度も唇を押しあて
さよならの言葉もくり返した。

ほんのひとときだったけど、素晴らしかった。
すべてが終わったことだけどあの時あの日々が
今になって鮮やかによみがえるのは止められない。

あの時もっと深く愛し合うことはできなかったのだろうか。
あの時もっと真摯にあなたを文字に刻むことはできなかったのだろうか。

그날은 어두운 밤 위로 가늘게 비가 쏟아졌어.
포장마차에서 소주를 몇 병 마셨는지 기억은 나지
않지만 집에 가기 전에 봤던 바다는 기억해.

내가 사랑한 사람과 폭우 속에 젖었던 기억보다
너와 함께 바다에 젖었던 날이 더 좋았어.

그런 너에게 몇 번의 입술 도장을 찍었고
이별 인사도 수차례 했었지.

한때지만 그때는 참 좋았어.
모든 것을 지나쳐 오니 그때 그 과정들이
도리어 선명해지는 걸 어떡해.

우리 그때 더 깊게 사랑할 수는 없었을까?
나는 그때 너를 더 열심히 쓸 수는 없었을까?

しばらくの間、あなたの腕枕が恋しくて眠れない日が続いた。ある日寝ようと体を横に向けたら、懐かしいその腕に抱かれていた姿を思い出し、あなたのことが胸に浮かんだ。ほんの少し前のことなのに、ふと自分があまりにもたやすく忘れてしまって-いるのではないかと思った。

한동안은 네가 해준 팔베개가 그리워 잠을 못 이루곤 했었다. 어느 날 자려다가 몸을 옆으로 돌렸는데 오랜만에 네 품에 안겨 누워있던 자세가 떠올라 네 생각이 났다. 그리 오래된 일도 아닌데 가끔은 내가 너무 쉽게 잊는 것이 아닌가 하는 생각이 든다.

身を焦がした日々は人生のすべてとなる。あの頃の二人をたやすく諦めたわけではなかったけれど、諦めると同時に、もう一度あの日々を生きているような気分になれた。本当は長い長い倦怠の時があったのかもしれない。
別離は時に、もう一度二人の輝いていた時間という贈り物をくれる。もう存在することのない二人の日々を反芻することだけが永遠になる。私はあなたを永遠に愛することができる。

강렬했던 어느 날들은 인생의 전부가 된다. 그때 그 관계를 쉽게 포기했던 건 아니지만, 포기와 동시에 다시 한번 그날에 살고 있는 것 같은 기분이 들었다. 사실 우리 사이에 긴긴 권태의 시간이 있지 않았나. 이별은 어쩌면 다시 한번 우리의 가장 찬란했던 시간을 선물로 준다. 더는 존재하지 않는 관계를 곱씹는 것이야말로 영원이다. 나는 너를 영원히 사랑할 수 있다.

だから私はあの日の海の上が忘れられない。もしかしたらあの日あなたへの愛に溺れながら、もうそれ以上は愛せないことを感じていたのかもしれない。その得体のしれない感情はまるで満ち潮と引き潮が交互に起きるように私をあなたの内に深く沈めたかと思うと、吹きつける強風とともにその本心を映し出して混乱に陥れた。

だから本当はあの日海の上で、恍惚と絶望を同時に味わった私は、あなたに隠れ顔を背けて泣いていた。

그러니까 나 사실 그날 그 바다 위를 잊지 못하겠다. 어쩌면 나는 그날 네게 사랑에 빠졌고 그와 동시에 더는 이상으로 너를 사랑할 수 없음을 느꼈다. 그날 그 낯선 감정은 마치 바다의 밀물과 썰물처럼 일정하게 일렁이다 나를 네 안에서 젖도록 내버려 두기도 했고, 거친 바람과 함께 그 속내를 비쳐 나를 혼란으로 몰아세우기도 했다.

그러니까 나 사실 그날 그 바다 위에서 황홀과 절망을 동시에 만나 너 모르게 고개 돌려 울었다.

あなたが告白めいた言葉をあふれるほど投げかけても私は何一つ確信を持てず、自分に勇気のないことをこうしてあなたのせいにしている。

たった一度も確信を持たせてくれなかったあなたは、初めからそんな気持ちがなかったのか、私みたいに恐れていたのか二つに一つ。この頃、私が感情をすり減らしているのはすべてあなたのせいなのに。

당신이 내게 고백 비슷한 말들을 숱하게 했지만 나는 그 어떤 확신도 가질 수 없었고, 내 용기의 부재를 이렇게 당신의 탓으로 미룬다.

단 한 번의 확신도 내게 줄 수 없던 당신은 처음부터 그럴 마음이 없었거나 나처럼 겁이 났거나 둘 중 하나일 테지만, 요즘 내 감정 소비의 득과 실은 모두 당신 탓인데.

私は自ら骨壺になり

燃えつきて風に舞い散るだけの、二人の愛の燃え殻をかき寄せる。

나는 스스로 유골함이 되어

다 타버리고 흩날릴 일만 남은 우리 사랑의 잔재를

담는다.

時に別れた人の手紙を読む。明け方まで電話を切ろうとしない私に「ごめん、もう切らなくちゃ」と言って受話器を置かなければならなかった彼に返事を書きたくなる夜。

愛しても不幸だった時間に終止符を打とうと別れたのに、また別の人を愛して不幸になる。愛のくびきから抜け出せない人間は破滅のまねごとをするだけで、本当は誰も破滅しない。

가끔은 헤어진 사람의 편지를 읽는다. 새벽 늦게까지 전화를 끊지 않는 나 때문에 "미안해, 아가"로 통화를 마무리 지어야만 했던 그 사람에게 답장을 쓰고 싶어지는 밤.

사랑하고도 불행했던 시간에 종지부를 찍고자 이별해놓고 다시 다른 이를 사랑하고 불행해진다. 사랑의 굴레를 벗어날 수 없는 인간은 파멸을 흉내 낼 뿐, 결국 아무도 파멸하지 않는다.

過去にけじめをつけるまでは新しい歴史を書かないつもり?

과거를 청산해야 새로운 역사를 쓰지 않겠니.

自伝のような私の話から

好きなように物語を書いてね。

傷痕でないものを傷痕のように書き

恥部でないものを恥部のように書く

そんなふうに好きなように物語を書いてね。

私は愛していない人のことをただの一行も

書いたことがないから。

私はいつものように自分の話をするのが好きで

あなたの話を聞くのも好きだから。

そんなふうに好きなように物語を書いてね。

자전적인 나의 이야기를 가지고
마음껏 소설을 쓰세요.

상처가 아닌 것들을 상처로 만들고
치부가 아닌 것들을 치부로 만들며
그렇게 마음껏 소설을 쓰세요.

사랑하지 않는 이가 나의 한 줄이 된 적은
단 한 번도 없으니.

나는 언제나처럼 내 이야기를 하는 걸 좋아하고
당신의 이야기를 듣는 것도 좋아할 테니.

그렇게 마음껏 소설을 쓰세요.

どこに行っても愛があふれている。期待から始まる失望も、相手を憎む自身を責めることも愛のなせるわざ。道行く男女の会話が聞こえてきた。今日の夕食は美味しかったかと訊くと、美味しかったと答える。それを聞いた私は彼らが今愛に包まれ幸せの中にいることを感じることができた。それからふと自分の周りの人たちの賞味期限切れの恋愛を思い浮かべた。ご飯は食べたのという問いかけより、美味しかったかと訊ねてみたらいつもの会話がもう少し温かいものになるのではと思いながら。

小さい頃は1万ウォン札1枚が大金だと思ったが、今は千ウォン札1枚の価値くらいに軽くなった。本当に欲しかったものを買ったときは感激して泣いたこともあったけど、私はすぐに別のものに目が移った。完璧なものは実は何をしても決して満たすことができないもの。私は本当に愛する人を前にしてこの人が今より深く哲学的であることを願ってみたが、今はもうそんな望みさえ持てなくなっている。どんな願いも対話する相手がいるという以前に愛する相手がいなければ叶えられない。私が切実に語る後悔を耳にして憐憫に

곳곳에 사랑이 난무하다. 기대에서 비롯된 실망도 사랑이고, 상대를 미워하는 스스로를 자책하는 것도 사랑이다. 길을 지나다 남녀의 대화를 엿들었다. 오늘 먹은 저녁이 맛있었냐고 묻자, 맛있었다고 대답한다. 그 질문과 대답을 통해 나는 그 둘은 지금 사랑 안에서 행복하다는 걸 느낄 수 있었다. 그러다 문득 내 주변 사람들의 권태로운 연애를 떠올렸다. 밥 먹었냐는 질문보다 맛있게 먹었냐고 묻는다면 그들의 일상적인 대화가 조금은 따뜻해지지 않을까 하고.

나의 어린 시절은 만 원 한 장이 너무 큰돈이었으나, 지금은 천 원 한 장의 가치만큼이나 가벼워졌다. 정말 갖고 싶었던 물건을 사고는 감격스러워 울기도 했지만, 나는 또 다른 물건에 눈길을 준다. 완벽의 정도는 사실 어찌해도 채워지지 않는 법이다. 나는 정말 사랑하는 이를 앞에 두고 이 남자가 지금보다 깊고 철학적이길 바랐지만 이제는 그런 바람조차 가질 수 없게 됐다. 모든 바람은 대화의 대상자가 있기 이전에 사랑의 대상자가 있어야만 가능한 일이었다.

囚われた人たちが、愛の欠点を語るのではなく別の意味を

見出して、その手にした愛を守りぬけたらと思う。

사람들이 아쉬움에 눈이 멀어 사랑의 결함을 밝혀내기보다 나의 절절한 후회를 듣고, 다른 의미 부여를 통해 지금 가진 사랑을 지켜낼 수 있기를.

美しいものは永遠に美しければいい。

私はこの世に存在するすべての愛に味方する。

아름다운 것들은 영원히 아름다웠으면 좋겠다.

나는 세상에 존재하는 모든 사랑을 응원해.

自由恋愛

자유연애

私はあなたを愛し息絶えた。

幼いうちに無理に結婚させられた旧い時代の慣習から解かれ愛を追い求めたモダンボーイとモダンガールを人々はすっかり忘れてしまった。愛の価値が至上だったそんな時代と違って今は愛に向かって突き進む人がいなくなった。一杯のコーヒーとジャズが流れる喫茶店があり、国を失くした若者たちが心を揺さぶられていたあの時代の雰囲気は今は本や映画の中でしか見ることができない。荒廃したこの時代に愛を讃える者は嫌われ者。純粋になれない人間にとって誰かの純粋さはもはや価値がなくなった。私はそんな時代に生まれてあなたを愛し息絶えた。

나는 너를 사랑하다 죽어버렸다.

어린 나이에 강제로 결혼을 해야 했던 구시대 관습에서 벗어나 사랑을 쫓던 모던 보이와 모던 걸을 사람들은 모두 잊었다. 사랑에 대한 가치가 가장 최우선시되던 그 시대와 달리 지금은 사랑을 향해 걸어가는 이가 없다. 커피 한잔과 재즈가 흘러나오는 다방이 있고, 나라 잃은 젊은이들의 마음을 흔들었던 그 시대의 바이브는 이제 책이나 영화 속에서만 볼 수 있다. 황폐한 이 시대에서 사랑을 찬양하는 이는 부담스러운 사람이다. 순수하지 못한 사람에게 누군가의 순수는 더 이상 고맙지 않다. 나는 그런 시대에 태어나 당신을 사랑하다 죽었다.

パリが理想的なロマンに近いとすれば京都は現実的なロマンだと言える。

胸が締めつけられるほど恍惚としたパリは私を映画の中のフレームに収め

いつも都市の場面に感嘆しながら暮らすように導いてくれたし

素朴な味わいのある京都は愛する人と仲良くままごとでもするように

暮らしを営んでいきたいという夢を持たせてくれた。

誰かにとっての誰かとして生きていたくなる時。

森があり海がある。

うす暗い部屋の中、きれいにしつらえられた食卓があり黄色い光の灯りがある。

どこからか風が吹き寄せまっ白なベッドがある。

誰かにとっての誰かとして生きていたくなる時。

파리가 이상적 낭만에 가깝다면 교토는 현실적 낭만이라고 할 수 있다.
가슴 벅차게 황홀했던 파리는 나를 영화 속 프레임 안으로 밀어 넣어
매번 도시의 장면에 감탄하며 살게 해주었고
소박한 멋이 있는 교토는 사랑하는 사람과 다정하게 소꿉장난하듯
살림을 차리고 싶다는 꿈을 꾸게 해주었다.

누군가의 누구로 살고 싶어질 때.

숲이 있고 바다가 있다.
어두운 방 안, 잘 차려진 식탁이 있고 노란빛 조명이 있다.
어디선가 바람이 불어오고 새하얀 침대가 있다.

누군가의 누구로 살고 싶어질 때.

あなたはつくづく可愛い人。床に寝て足の指をもぞもぞさせるのは小さな赤ちゃんのよう。あなたはめったに愛おしそうにしたり、優しいそぶりを見せることがないから私が惹かれていると言うけれど、そんなあなたが好きなんじゃなくて、そんなあなたでも好きでいるということを知ってほしい。あなたの無頓着、粗野なふるまいの陰でいつも泣いている私は、あなたが私の中で愛し合うことに慣れ、別の二人に生まれ変われればと思う。もちろん不安は心の隙をこじ開け膨らもうとするけれど、それでも愛し、だから愛するということを、どうか忘れないでほしい。

너는 참 귀여운 사람. 바닥에 누워 발가락 꼬물거리는 모습이 꼭 작은 아기를 닮았네. 너는 자꾸만 다정하거나 살갑지 않기 때문에 내가 널 좋아하는 거라고 말하고 있지만, 나는 그래서 너를 좋아하는 것이 아니라 그래도 너를 좋아하는 것임을 네가 알아주길 바라. 너의 무심함과 투박함 안에서 나는 매일 울지만, 내 안에서 사랑을 주고받는 것이 익숙해지길 기대하며 그렇게 우리로 거듭나길 바라. 물론 불안은 틈을 비집고 들어와 몸집을 키우려 할 테지만, 그래도 사랑하고 그래서 사랑한다는 것을 부디 잊지 말아.

ちょっと雨宿りすればやんでしまう俄か雨だと知りながら、そのままずぶ濡れになる。
昔そうしていた私は今日もそうしている。愛を書き記したあとはいつも、深いため息で最後を結ぶ。
空虚の隙間は愛でも埋められないまま、周りの誰のせいでもない憂鬱の中で私は今日も孤独でいる。

잠시만 피하면 되는 소나기라는 것을 알면서도 그냥 젖어버린다.
과거에 그랬던 나는 오늘도 그랬고, 사랑을 쓴 뒤에는 늘 깊은 한숨으로 마무리한다.
공허의 틈은 사랑으로도 메워지지 않은 채 주변 사람과는 관계없는 우울 속에서 나는 오늘도 외롭다.

あまりにも深い愛は憂鬱をもたらす。程よい距離を保ちそれに見合うように関わりを持てば良いのに、どんな関係も程よく終わることはない。考えてみれば私たちは誰もが混乱の中にいる。

たった今愛の感情に包まれている者は深夜、送られた一つのメッセージに布団を蹴って起き上がってもやがて押し寄せる空虚に身の置き所なく混乱する。あまりに長く恋を忘れていた者は愛に溺れる自分の姿に途方に暮れて混乱し、6年目を迎えた恋人たちは繰り返される倦怠と愛情の前に混乱する。

完璧に和の一致する瞬間なんて人生を高みから見ればほんの刹那でしかない。一日24時間のうち、1分にも満たない刹那。それゆえ私たちは感情を信じた後には目の前の人を信じなくてはならない。

あまりにも深い愛は憂鬱をもたらすから。

너무 깊은 사랑은 우울을 자처한다. 적당한 거리 안에서 서로가 정도껏 개입되면 좋으련만 모든 관계는 '적당히'를 모른다. 생각해보면 우리는 모두 혼란 속에 있다.

이제 막 사랑의 감정을 느낀 누군가는 늦은 밤 메시지 하나에 이불을 걷어차다가도 뒤이어 밀려오는 공허가 낯설어 혼란스럽다. 너무 오래 연애를 쉰 누군가는 사랑에 빠졌을 때 자신의 모습이 까마득하여 혼란스럽고, 연애 6년 차를 맞은 누군가는 반복되는 권태와 사랑 앞에서 혼란스럽다.

완벽하게 합이 들어맞는 순간은 인생 전체를 두고 보았을 때 분명 찰나이다. 하루 스물네 시간 중에서 1분도 채 안 되는 그런 찰나. 그러므로 우리는 감정을 믿은 뒤에는 눈앞에 사람을 믿어야 한다.

너무 깊은 사랑은 우울을 자처하므로.

私の愛が心底、自分勝手だと言う訳は

本当に私が自分しか見えない人間で、他人を包みこむこと

ができないから。

それでもあなただけにそれができたということは、もうあな

たを自分のように愛し、

あなたのことを自分と同じだと考えている証拠。

自分のためと思って始めたすべてのことが、本当は自殺と同

じく自発的な犠牲だとしたら、

このすべてがあなたに向かっているのだとしたら

それは素晴らしいこと。私は幸福。

今日、たった今この愛が破滅したとしても私に怖れはない。

いつかまた他の愛が生まれ

その中で再び破滅を繰り返すのだから。

내 사랑이 철저하게 이기적이라고 말하는 이유는
나는 정말 나밖에 모르는 사람이라 타인을 품을 줄 모르는데
그럼에도 불구하고 내가 너를 품었다는 것은 나는
이미 너를 나만큼이나 사랑하고
나는 이미 너를 나와 동일시하고 있다는 증거이다.

나 좋자고 시작한 모든 행위가 사실은 자살행위에
가까운 자발적 희생이라면
이 모든 것이 너를 위하여 너를 향하여 가고 있다면
그래 잘 가고 있다. 나는 행복하다.

오늘 당장 이 사랑이 파멸하여도 나는 걱정이 없다.
어차피 또 다른 사랑은 탄생하고
그 안에서 또다시 파멸할 것이기 때문이다.

二人の恋愛を点検する時間を持とうと言った。言葉では話し合うと言いながら、その実私が一方的に不満を吐き出す時間だった。　逆にあなたは不満がないと言った。内心をさらけ出すのは面映ゆくて苦手だと言った。あなたは私と出会って明るくなったと言ったけど照れ臭かったからなのか、全部が私のせいではないが影響があったのは確かだとつけ加えた。その瞬間あなたの表情がうぶに見えたのはなぜだろう。

地下鉄に乗ろうとした日、あなたは突然恋愛は難しいと口にした。未来はどうなるかわからないから二人がこのままいつか結婚すればいいけれど、もし別れることになったら二度と恋愛はできないだろうと言った。そのとき私はこれまで過ぎ去っていった男たちと交わした、その時々の真実を思い浮かべていた。私が黙っているとあなたは続けた。それほど私にすべてを注いでいるのだから、言い方がまずくても足りないことがあっても自分の思いだけは疑わないでほしいと。

우리 연애를 중간 점검하는 시간을 갖자고 말했다. 말이 좋아 대화였지 거의 나 혼자 일방적으로 불만을 토로하는 시간이었다. 반대로 너는 내게 불만이 없다고 했다. 너는 속마음을 말하는 게 낯간지럽고 어색하다고 했다. 너는 나를 만나 밝아졌다고 해놓고 민망했는지 전부 네 탓이라고 할 수는 없지만 너의 영향이 없지 않아 있다는 말도 덧붙였다. 그 순간 네 얼굴이 귀여워 보였던 것은 왜일까.

지하철을 타러 가는 길, 너는 갑자기 연애는 어렵다고 말했다. 미래는 모르는 거니까 만약 우리가 이렇게 만나다 결혼을 하게 된다면 좋겠지만 혹시 헤어지게 된다면 다른 연애를 못 할 것 같다고 했다. 그 말을 듣고 나는 잠시 지난 남자들과 주고받았던 당시의 진심들이 떠올랐다. 내가 말이 없자 너는 이어서 말을 덧붙였다. 그만큼 네게 내 최대치를 쏟고 있는 것이니 표현이 서툴고 모자라도 내 마음만은 의심치 말아 주길 당부한다고.

そうだ、私もあなたの煌びやかさのない言葉が好きだった。まるで会社の上司にでも言いそうな「今日もいい日で^^~」というメールを送ってくるような人だから好きになった。そんなあなたが少しずつ良い意味で変わっていくと欲が生まれた。執拗に急き立てる私はあなたの傍でいつまでも天真爛漫でいたかったことを忘れてしまったのだろうか。あれほど嫌っていた大人というものになりたかったのだろうか。そうじゃない、決して。愛を盾にあなたの自由を奪い、苦しめる存在になりたくないと思った夜。そしてもう一度愛を誓った夜。

맞다. 나도 네가 번지르르한 말이 없어 좋아했다. 마치 직장상사나 보낼 법한 '좋은 하루^^~' 같은 문자를 보내는 남자라서 좋아했다. 그래서 너를 좋아했는데 네가 조금씩 긍정적으로 변하니까 기대나 욕심이 생기더라. 다그치고 닦달하던 나는 네 옆에서 평생 천진난만해지고 싶다는 마음을 다 잊었던 걸까. 그렇게나 되기 싫다던 어른이 되고 싶었던 걸까. 아닌데, 아닌데. 사랑을 방패 삼아 네 자유를 억압하고 널 괴롭히는 존재로 전락하고 싶지 않다고 생각하는 밤. 그렇게 다시 한번 사랑의 맹세를 하는 밤이다.

私たちは蒸し暑い夏でも氷をあふれるほど入れたコーヒーを手に散歩を楽しんだよね。
扇風機もない店で食べ放題のとんかつを食べながら笑い転げていたよね。
あなたとならそんなちっぽけな幸せも夢のようなのに。

우리는 무더운 여름에도 얼음이 가득 든 커피를 손에 쥐고 산책을 즐겼지.
선풍기조차 없는 가게에서 무제한 돈가스를 먹으면서도 우린 웃었지.
너랑은 이런 싸구려 행복도 너무 좋은데.

たまにあなたみたいな人を選んだことに腹が立つことがある。マシンガンみたいに不満をぶつけると沈んだ声で「他には?」というあなた。その言葉を待っていたとばかりに、いつもは不満だと思わないことまで洗いざらい吐き出した。まるでランニングマシンで走ってきたみたいに息が切れてもすっきりした。でもあなたは何も言わない。しばらく静寂が流れて、私が言い過ぎたと後悔し始めた頃、あなたは私に言った。　「わかった。一度努力してみるよ…」

その一言であなたを選んだことがたちまち喜びに変わった。あなたは私から愛を学ぶと言ったけれど、私はあなたから愛を学ぶ。台風のニュースに「君は美しいから危ないぞ」と言ったあなたのウィットに笑うのは、愛しているから。<ヒョリの民宿>のイ・サンスンを見てあなたを思い出すのは、よくある恋に落ちた女の錯覚の一つだとしても、その姿に私も二人の未来を重ね合わせてみる。私を上手に導きながらすべてを受け止めてくれる、あなたは私にとって最高の人。

가끔은 내가 너 같은 걸 선택했다는 게 화가 날 때가 있다. 속사포로 불만을 쏟아내자 낮은 목소리로 "또"라고 네가 말했을 때 나는 이때다 싶어 딱히 불만이라고 여기지 않았던 것들까지 모조리 따지고 들었다. 마치 러닝머신이라도 뛴 것처럼 숨이 찼지만 그래도 속은 후련했다. 반대로 너는 아무 말이 없었다. 잠깐의 정적 앞에서 내가 너무했나 싶어 마음이 불편해질 무렵, 너는 내게 말했다. "알겠어. 한번 노력해볼게."

그 말 한마디에 내가 너를 선택한 것은 곧 기쁨이 되었다. 넌 내게서 사랑을 배운다고 했지만 난 네게서 사랑을 배운다. 태풍 소식에 '너는 아름다워서 위험해'라고 말하는 네 재간에 웃는 것으로 보아 나는 너를 사랑하고 있구나. 〈효리네 민박〉에 나오는 이상순을 보며 너를 떠올리는 건 사랑에 빠진 여자들의 흔한 착각 중 하나일 테지만 그 모습에 자꾸만 나도 우리의 미래를 그려본다. 나를 적당히 눌러주면서 나의 전부를 받아주는 너는 내게는 정말 멋진 사람이다.

素朴でも愛おしむことができ、みすぼらしく見えても心から笑えるならそれより素敵なことはない。華やかなものに囲まれても愛は決して光を放たない。古びて垢じみたものの中で愛はその価値を輝かせるもの。歳月を重ねたものたちの中で老いてゆく二人がいる。

소박해도 다정할 수 있고 허름해도 웃을 수 있다면 그것만큼 멋있는 게 또 어디 있을까? 화려한 것들 틈에서 사랑은 결코 빛나지 않는다. 낡고 허름한 것들 틈에서 사랑은 제 가치를 하는 법. 낡아 버린 것들 사이로 늙어갈 우리가 있다.

私の至らなさをかばい、まるで親になったみたいに私を扱う
あなたを見て私は悲しくなる。

これ以上軽くなれず
これ以上愉快にはなれない
心の揺らめき。

あなたは海が聞かせてくれる子守歌のような人。

나의 허점을 포용하고 마치 나의 부모가 된 것처럼

나를 챙겨줄 때 나는 이 사랑이 슬퍼진다.

더는 가벼울 수 없고

더는 유쾌하지만은 않은

이 설렘.

너는 바다가 불러주는 자장노래 같은 사람.

よりによって私がいちばん好きな冬に生まれたあなたは
よりによって私がいちばん好きな1日(ついたち)が誕生日。

凍える冬に震えている私のもとにやって来た人。
真冬でも私の花を咲かせてくれた人。

ありったけの聞くに耐えない言葉で私の愛を貶めたけれど
あなたを受け入れて訪れた人生の花開く時。

하필이면 내가 가장 좋아하는 겨울에 태어난 너는
하필이면 내가 가장 좋아하는 1일의 생일을 가진 사람.

추운 겨울에 떨고 있는 내게 다가온 사람.
한겨울에도 나를 꽃피운 사람.

온갖 말들로 내 마음을 부정했지만
너를 받아들이니 찾아온 내 인생의 개화기.

どうか私をもう一度愛の恍惚境に連れていってほしい。愛がすべてだった私の信念と価値を、もう一度あなたが気づかせてほしい。
時代の流行りのように伝わっていく二人の出会いが荒廃した現代に、後にも先にもない芸術的価値となって残ってほしい。
少なくともそんな歴史へと向かう踏み台になってほしい。

제발 당신이 나를 다시 사랑의 황홀경으로 데리고 가주길 바란다. 사랑만이 전부였던 나의 신념과 가치를 당신이 다시금 깨우쳐주길 바란다.
이 시대 유행처럼 번지고 있는 우리의 만남이 황폐한 오늘날 전무후무한 예술적 가치로 남아주길 바란다.
최소한 그런 역사로 가는 등용문이라도 되어주길 바란다.

エピローグ

愛がもっとも大きな価値を持つ人間にとって、この時代は
もしかしたら一番残酷な時代なのだ。純粋でなくなった者
にとっては、これ以上過去の古めかしい純愛はロマンチック
なものではなくなり、合理的な条件を貼りつけることで欠落
した愛の座を埋めようとする。私たちはどうして普遍的な感
情に不幸を招き入れるようになったのだろう。

私は不幸でも恋をしているから幸福の中にいる。
愛しても不幸になるとしても。いつだって愛のなかで
幸福でいられることを。

Epilogue

사랑에 대한 가치가 가장 큰 사람에게 이 시대는 어쩌면 가장 잔인한 시대다. 순수하지 못한 누군가에게는 더 이상 과거와 같은 순애보가 낭만적이지만은 않고, 합리적인 조건을 첨부하며 결핍된 사랑의 자리를 메운다. 우리는 어쩌다 보편적인 감정 아래 불행을 자처하게 되었나.

나는 불행해도 사랑하고 있고, 덕분에 행복하다. 사랑하고도 불행할지라도, 언제나 사랑 안에서 행복하기를.

キム・ウンビ

1991年3月15日生まれ/金海の金、恩恵の恩、王妃の妃
/それで金恩妃/不完全で不安定なものを好み/
浪人して入ったソウル芸術大学/将来、ドラマ作家になる
ために劇作を専攻/『通り過ぎたものたちの記録』
『花のように　汚穢のように』の著者/いつでもどこでもハッピー
@bbiiihappy

김은비

1991년 3월 15일에 태어나 / 김해 金 은혜 恩 왕비 妃 / 그래서 김은비 / 불완전해서 불안정한 것을 좋아해 / 재수해서 들어간 서울예대 / 이후의 드라마 작가가 되기 위해 극작 전공 / 『스친 것들에 대한 기록물』『꽃같거나 좆같거나』 저자 / 언제나 어디서나 해삐

@bbiiihappy

村山俊夫

1953年 東京生/

著書『アン・ソンギ　韓国国民俳優の肖像』『転んだついでに休んでいこう』『インスタントラーメンが海を渡った日』『韓国で起きたこと、日本で起きるかもしれないこと 筆名：高木望』/

翻訳書『この身が灰になるまで』

무라야마 도시오

1953년 도쿄 태생 /
『청춘이 아니라도 좋다』『넘어진 김에 쉬어가자』『라면이 바다를 건넌 날』『한국에서 일어난 일, 일본에서 일어날지 모르는 일(촛불혁명의 기록) 필명: 다카기 노조무』 지음 /
『이 몸이 재가 될 때까지(원서: 지겹도록 고마운 사람들아)』 옮김

사랑하고도 불행한

2017년 12월 20일 1판 1쇄 발행
2024년 9월 10일 1판 6쇄 발행
지 은 이 김은비
일어번역 무라야마 도시오
발 행 인 이상영
편 집 장 서상민
편 집 인 채지선
디 자 인 서상민
마 케 팅 박진솔
펴 낸 곳 디자인이음
등 록 일 2009년 2월 4일:제300-2009-10호
주 소 서울시 종로구 효자동 62
전 화 02-723-2556
메 일 designeum@naver.com
blog.naver.com/designeum
instagram.com/design_eum